世界英雄
史诗译丛

伊戈尔出征记

[俄罗斯]佚名 著　李锡胤 译

译林出版社

目　　录

序　言

一、历史背景

古代罗斯在9世纪末“先知”奥列格时代开始拓展领土，公元912年前后奥列格逝世时东斯拉夫部落大部分归入罗斯范围，政治中心南移基辅。他的孙子斯维亚特斯拉夫一世继续以武力扩张国土，后来败于拜占庭，公元971年撤军回国，中途被杀。

斯维亚特斯拉夫一世死后，三个儿子争夺大公宝座，诉诸武力，亚洛波尔克和奥列格战死，符拉季米尔继位。988年符拉季米尔接受基督教为国教，巩固了封建制度，加强了同欧洲各国的交往，促进了文化的发展。

1015年符拉季米尔一世逝世，儿子亚洛斯拉夫继任基辅大公。他有远见卓识，号称“智者”。在他统治下，基辅罗斯发展到了经济、文化、政治的鼎盛时期，编纂了最早的一部罗斯《法典》。他生前安排三个儿子分治南俄：斯维亚特斯拉夫在车尔尼戈夫，伊札斯拉夫在基辅，符塞伏洛德在佩列亚斯拉夫尔。1054年亚洛斯拉夫临终遗命儿辈不要内讧。然而，言犹在耳而战祸不断。

11世纪后半叶罗斯内讧分为两场对抗。一场是亚洛斯拉夫的异母兄弟波洛茨克公伊札斯拉夫的孙子符塞斯拉夫与亚洛斯拉夫一房之间的对抗（1067年起）；一场是亚洛斯拉夫房内亲兄弟之间的对抗（1077—1097年）。

另一方面，1054年《编年史》开始提到波洛夫人从东边来到黑海上和高加索北部草原，不断骚扰罗斯土地。罗斯有识之士认识到需要联合起来共御外敌。1097年符拉季米尔·莫诺马赫倡议召开了柳别奇会议，承认各公爵有权治理世袭领地，以免互争地盘；会议声称："自今以后，誓同一心。"然而，信誓旦旦无济于事，公爵们还是同床异梦。12世纪中叶起，车尔尼戈夫、加利奇、波洛茨克和苏兹达尔诸公国实际上脱离了基辅大公的控制，各自为政，争权夺利，干戈不息，互相削弱；甚至勾结波洛夫人攻打自己的亲兄弟。

1180年奥列格·"苦难斯拉维奇"的孙子斯维亚特斯拉夫和符拉季米尔·莫诺马赫的玄孙吕利克争夺基辅大公地位之战，以后者胜利而结束。但吕利克却主动把基辅城拱手让与败者，自己保留基辅公国的其他地区。于是形成二王并存局面，即奥列格一支与莫诺马赫一支的对峙。

奥列格的子孙，即斯维亚特斯拉夫一派（包括伊戈尔在内）本来与波洛夫人关系比较亲善，但自从吕利克到基辅后，他们改变政策，转而与莫诺马赫子孙联合反对波洛夫人了。

1183—1185年，吕利克和斯维亚特斯拉夫数次与波洛夫人打仗，斯维亚特斯拉夫的堂弟伊戈尔未及参加。1185年四五月之间，伊戈尔事先未告诉基辅大公，擅自出征。

《伊帕吉夫编年史》“六九三年”（即公元1185年）条中关于伊戈尔出征始末的记录如下：

“奥列格的孙子伊戈尔在4月23日（星期二）那天约弟（特鲁勃契夫斯克之）符塞伏洛德、侄（雷尔斯克之）斯维亚特斯拉夫和子（普季夫尔之）符拉季米尔同时出发，他本人也离开诺夫戈罗德-塞维尔斯克；另外还从（车尔尼戈夫之）亚洛斯拉夫那里乞得雇佣兵，雇佣兵由普洛可洛夫之孙奥尔斯汀统领同行。队伍缓进，沿途招募新兵；同时因为经冬马肥，不宜疾驰。”

伊戈尔把队伍带到顿涅茨河上，他举目望天，只见日光暗淡，太阳残缺如新月。他问亲兵：“这是什么兆头？”大家答道：“阁下，这恐怕不是好兆头。”伊戈尔说：“弟兄们，天上的秘密，谁能知道！世界是上帝创造的，吉凶祸福，听天由命。”于是策马渡河。

到了奥斯科尔，停留两天，等胞弟符塞伏洛德从库尔斯克率部来会合，然后一同到萨尔尼察河边。这时探子来报：“前方有敌军，装备齐全。或者马上进击，或者速退；事不宜迟。”伊戈尔与诸将计议：“不战而回，贻笑父老。一切听上帝安排。”于是连夜趱行。

第二天(星期五)中午,遭遇结集在秀乌利河对岸的波洛夫队伍列阵待战,后边是辎重和篷车。罗斯军分成六部:伊戈尔率部居中,弟右翼,侄左翼;前方是亲儿子符拉季米尔居中,左右辅以奥尔斯汀统领的雇佣兵;最前方是从各部精选出来的弓弩手。

伊戈尔对诸将领说:“弟兄们,求战得战,还说什么呢?”便前进,直到秀乌利河边,没有渡河。对岸波洛夫弓弩手每人发射一箭后便后退,更远一点的敌部也后退。此时斯维亚特斯拉夫、符拉季米尔、奥尔斯汀率众强渡以追赶,伊戈尔和符塞伏洛德缓随。罗斯前锋追奔逐北,掳掠无数。波洛夫人弃篷车而逃,罗斯士卒掳人劫货,到深夜才止。

伊戈尔召集诸将和亲兵说:“靠上帝之力打败

敌人。但敌军人多势强，我们宜连夜撤退。后面来的队伍也应退，只有强骑兵可涉河[①]。我们当将领的，只能听从上帝旨意。”斯维亚特斯拉夫说：“我的队伍追赶敌人，疲累极了，如果连夜退军，怕要掉队。”符塞伏洛德亦要求就地休息。伊戈尔说：“这样说来，只好如此，虽死无悔。”于是原地露宿。

星期六那天，天刚蒙蒙亮，波洛夫大军拥来，像密林一般，罗斯兵将分辨不清敌人从哪方进攻。伊戈尔说：“今天波洛夫部落倾巢出动，康恰克部、克札部、托克索比奇部、叶捷比奇部和捷特洛比奇部各路汇集！”诸将跳下坐骑，边战边走，向河岸退去；他们说：“我们身为将官，如果抛下士卒，自己先逃命，那就等于让弟兄们送死，将得罪上帝。不如决一死战，与弟兄们生则同生，死则同死。”于是

① 此句原文意思不明。

徒步奋战。不幸的是伊戈尔左臂受伤；主帅失利，影响全军士气。

这样血战了一整天，到了傍晚，罗斯军死伤无数。又从星期六的夜里一直打到次日黎明。罗斯方面的雇佣兵士气低落，临阵脱逃。这时伊戈尔负伤督战，想阻拦逃兵，纵马追去。他脱下帽盔，为了使逃兵认清统帅，跟随他重返前沿。但是除了米哈廖克·尤列维奇一人外，无人响应。而其余部队中没有人跟着雇佣兵逃遁，除了个别沿途招募的新兵以外。罗斯将卒拼命搏斗，符塞伏洛德尤其勇敢。

伊戈尔勒马驰回，到距离本部队一箭之遥的地方，突然被波洛夫人阻断去路，将其生擒。伊戈尔受缚，目击符塞伏洛德拼命挣扎；伊戈尔自求速死，不愿看着胞弟在眼前丧生。这时候，符塞伏洛德手中剑戟都折断了，沿着湖边与敌人周旋。这天正好是礼拜天，上帝责备罗斯，所以在卡亚拉河滨，不赐天福，反加灾殃；不降欢乐，反令悲戚！

伊戈尔自怨自艾："回顾以前种种，我自知有罪。我曾经虐杀生灵，流了正教徒的血；我暴力攻打格列波夫城，使无辜教民深受祸害：父母失去子女，兄弟朋友离散，夫妻诀别，情侣分飞。我使百姓陷于掳掠之苦而悲啼，活人反而羡慕死者，而临死的人暗自庆幸脱离了这场劫火；老者填沟壑，年轻者受创伤；男子碎尸殒命，女子含冤受辱。我造了孽，今天上帝罚我。我的弟弟、侄子、儿子、亲信、助手、勇敢亲兵、我的弟兄们、我的宝马和武器都丧失殆尽？我只得向蛮族人哀求乞命？这是上帝给我的惩罚，怨我自作自受。上帝公正，我无地自容。我目睹他人戴棘冠之苦，何不令我一人代受众生之苦？求我主答应我，保护苍生。"

波洛夫胜局已定，遂把战俘分赏给诸酋。伊戈尔归基尔布克，符塞伏洛德归罗曼·克济奇，斯维亚特斯拉夫归叶尔德丘克，符拉季米尔归科普季。而康恰克与伊戈尔有儿女之亲，所以自愿对其负监管之责。

罗斯士卒生还者寥寥无几。敌军围如铁墙，插翅难飞。幸存者仅得一十五人[1]；而临阵脱逃的雇佣兵几乎全溺于海。

斯维亚特斯拉夫大公巡视卡拉切夫，招募上游地区的兵勇，准备对波洛夫人实施夏季攻势。他归途经过诺夫戈罗德-塞维尔斯克时听说两位堂弟擅自出征，心中不悦。

大公乘船至车尔尼戈夫，遇见别洛伏洛德，后

① 据塔基晓夫《俄国史》记载：此次战役罗斯军被俘约5 000人，生还者约215人。

者向其告知战况，大公流泪说：“我的兄弟，我的侄子，罗斯大地的民众！上帝曾给我以力量，数次战胜波洛夫军。而你们少不更事，急功近利，等于开门揖盗。上帝做主！我正怨伊戈尔行事鲁莽，却也可怜他兵败身俘。”

此后，大公派遣奥列格和符拉季米尔赴帕塞米。因为听说该地人心惶惶，充满悲伤与忧郁；诺夫戈罗德-塞维尔斯克和车尔尼戈夫也如此。百姓如鱼在罟，痛不欲生。大家为伊戈尔被俘而悲伤，为自身苦难而忧愁。

大公晓谕斯摩棱斯克公达维德说：“我本想今年夏天出兵顿河，讨伐波洛夫。目前伊戈尔失败，与儿子、弟弟一同被俘。请你来共同商量保卫罗斯的计策。”达维德沿第聂伯河南下，其他各地首领也到特里帕叶来集合。亚洛斯拉夫在车尔尼戈夫召集部属。

波洛夫人得胜后飞扬跋扈，不可一世。他们再次召集将士，商议再攻罗斯。康恰克主张：“先攻基辅，因为弟兄辈及波涅克酋长都在基辅吃过败仗。”葛札克主张：“先攻塞姆。那里只留下妇女儿童，我军一到，塞姆唾手可得。”于是兵分两路。康恰克率军赶到别列亚斯拉夫尔城下，日夜围城攻打。

别列亚斯拉夫尔公符拉季米尔·格列伯维奇勇敢善战。他纵马出城，杀入敌阵，可惜后续队伍太少，他寡不敌众，被围困。城中守军遥望公爵孤军陷阵，蜂拥而出，夺回公爵。此时公爵为国忘身，身上已被刺中三戟。

符拉季米尔遣使向斯维亚特斯拉夫、吕利克和达维德告急：“波洛夫攻我，甚危急，望来救我！”斯维亚特斯拉夫大公转告达维德，这时后者率斯摩棱斯克兵驻扎在特里帕叶，兵勇开会声称："我们为救援基辅而来。基辅危急则战，其他地方的事一概不管。我们已经都兵疲马乏了。"大公只得与吕利克军及其他援军沿第聂伯河撤退。达维德也回防。

围困别列亚斯拉夫尔的波洛夫军听说敌方援军后撤，便顺道攻历莫夫城。历莫夫闭关固守，兵士和民众登城垣守望。但天意难测，城垣坍陷，死伤不少，全城惶恐。少数人突围，继续作战，后来悉数被俘。

符拉季米尔又向斯维亚特斯拉夫·符塞伏洛德维奇及吕利克·洛斯季斯拉夫请援。两人却要等候达维德手下的斯摩棱斯克部，因而拖延误事，坐视波洛夫人攻陷历莫夫，大肆掳掠而去。罗斯诸公各返本防，为受伤的伊戈尔，为被俘的众基督徒而痛心疾首。上帝因罗斯有罪而降祸；敌军得胜，不是因为上帝厚于彼，而是因为我有罪过，令我忏悔，不再作恶。上帝又教异族入侵罗斯，使我们自省，永绝邪恶。

克札率领另一路兵溯第聂伯河进逼普季夫尔城。沿路村镇以及普季夫尔外城都被烧毁蹂躏，克札然后撤军。

伊戈尔被俘后，独自叹息："天帝在上，我罪有应得。这次败仗，实由天意，不是因为敌方善战。我有罪；遭受此难，不敢怨天尤人。"

波洛夫人对伊戈尔不甚严管。只派了十五个兵勇和五个酋长子弟，共二十人看守，另拨侍者五六名。他们对伊戈尔相当客气，乐意替他办事。伊戈尔特地从罗斯请来一位牧师主持圣事。这时天意尚未分明，所以他做久留之计，而上帝已应基督徒之祷告而对伊戈尔生了怜悯之心，有意赦他回归。

这时有一个名叫拉伏尔的波洛夫人去见伊戈尔，善意相告："我陪你逃走好吗？"伊戈尔最初不敢轻信，而且出于自尊，誓与被俘亲兵同生共死，所以回答道："我以荣誉做保证，决不抛弃亲兵而个人逃生。"稍后又有波洛夫千夫长之子及马僮来说："公爵！你逃回罗斯，或许上帝开恩，就能成功。"伊戈尔以为时机未到，没有答应。

过了几天，波洛夫酋长从别列亚斯拉夫尔班师将回。亲信报告伊戈尔："你想与亲兵共生死，用意固然好，但明知不可能而为之，是违反天意。听说酋长归来后将杀尽罗斯囚犯[①]。你该早做计议，否则会白白送死的。"

① 据塔基晓夫《俄国史》记载：千夫长的儿子与酋长之妻私通，闻讯于床笫之间。

伊戈尔决心行动,然而有人在旁监视,不敢造次。有一天,将近黄昏,他派马僮告诉拉伏尔:“备好两匹马,在托尔河岸边等我!”彼此约定无误。

到了日子,那天波洛夫人痛饮马奶酒。夜渐深,马僮来告:“拉伏尔已在河边等候。”伊戈尔站起身,低头对圣像做祷告:“上帝在上,我有罪孽,望主保佑!”说完带着十字架和圣像走出帐篷。这时波洛夫人正狂欢痛饮,还以为伊戈尔早入梦乡。

伊戈尔行到河边,涉水过河,上了马,离开敌营。这是星期一的夜晚。伊戈尔徒步又走了十一天,才到达顿涅茨城,再从顿涅茨回到诺夫戈罗德-塞维尔斯克,全城欢腾。然后再到车尔尼戈夫会见兄长亚洛斯拉夫,请求援助帕塞米,亚洛斯拉夫答应了。伊戈尔又到基辅谒见斯维亚特斯拉夫大公,大公和伊戈尔的亲家吕利克皆大欢喜。

二、关于语言特点

本书充分反映了12至13世纪古俄语在语音、形态变化、句法和词汇等方面的特点。由于当时俄语正处于迅速变化的时期，很不稳定，所以“例外”情况很多。例如全元音组与非全元音组混用、各类变格法互相影响、某些动词变位法新旧形式杂出、无前置词结构与前置词结构交错等等。而方言（如诺夫戈罗德方言、普斯可夫方言……）的影响也不时可见。

三、关于文体特点

本书的文体特点有三个方面。

1. 书面体与口语体相结合。10至11世纪古罗斯的文学体裁主要借鉴于拜占庭文学和保加利亚的宗教—醒世作品和世俗作品。同时罗斯民间口头文学的影响也很大，反映在《编年史》中，也反映在本书中。李哈乔夫指出：本书开头用的是书面文体，越到后来口语色彩越浓。

2. 武功诗体裁与哀哭歌体裁相结合。前一特点表现在抚今追昔、慷慨悲歌的段落中，作者广泛运用了历史词语、军事词语和狩猎用语。后一特点则在“哭夫”中表现得淋漓尽致，“泪尽继之以血”，简直是一曲哭丧歌。

3. 本书不是静态的、冷淡的叙述，而是动态的、充满感情的申诉。所谓抒情插笔与故事情节紧密结合在一起。“啊，罗斯大地，你落在了冈峦后边！”——很难确定这是出征战士说的话，还是作者感情激动时所言。又如“金言”之后的几大段向诸侯呼吁，有的学者以为是“金言”的后续，有的认为是作者的补充。其实，不管出自何人之口，反正道出了时代的呼声。马克思说:“《伊戈尔出征记》正好在蒙古入侵前夕呼吁罗斯团结起来。”

四、关于疑窦

本书有几处疑窦,注家及译家见仁见智。有的学者(如雅各布森)似乎对文本持“疑古”态度,动辄改动原文,有时越改越糊涂;有的学者“守定”原本,千方百计加以疏凿。例如雅氏以为基辅大公不会埋怨伊戈尔流了波洛夫人的血,所以主张改作流了正教徒的血。这是“以意逆之”的论证法。另外还有,“金言”开头,大公把堂弟称呼为侄子,殊不可解;有的注家硬说:“大公地位高,所以以长辈自居。”这是牵强的,其实《编年史》中原来写着“我的弟兄和侄子”,到本书这里显然是手民遗漏。

凡是众说纷纭之处，都择要而罗列于此，供读者参考。

五、关于作者

本书作者为谁？学者们提出种种猜测：

名歌手米都谢；

伊戈尔公爵本人；

加利奇大贵族彼得·波里谢维奇；

某千夫长之子；

千夫长拉古伊尔。

我很同意李哈乔夫的见解：古俄语文学作品的特点之一是佚名，它们大都是人民的集体创作。

六、关于翻译

这里基本上采用逐句对照翻译，但不是逐字翻译，因为我以为逐字翻译往往貌合神离，尤其是诗歌作品。

叶列明翻译本书时，把疑窦略而不译，俗语所谓“杀强盗”者也。我以为这样会使作品有残缺之感，所以尽可能选择与上下文相通的平淡字眼进行翻译，正像修复古画的人选择最不显眼的色彩涂盖破损之处一样。

至于书名，现成的《伊戈尔远征记》也不坏，因为远近是相对的。但是根据费多罗夫少将考证，此次军事行动只是一次短期骑兵袭击，路程不过五百俄里（合五百五十公里）左右。比起更早的十字军东征与907、941、944年罗斯远征拜占庭来，规模小多了，路也近多了。从这些考虑，我改译为《伊戈尔出征记》。

提起翻译，使我感动的是：斯吉列茨基是在第二次大战中被围的列宁格勒城里动手翻译本书的。

20世纪50年代中期，我师从苏联来华专家布多林学习古俄语和古斯拉夫语，对《伊戈尔出征记》极感兴趣，此后陆续阅读有关书籍，随时札记，最终译注付印，我从内心感谢我的导师。

译后率成一律：

草原鼓角噪千军，谁省天心日色昏？
饮马大江沉折戟，举头故国蔽高岑；
浪言孤注山能拔，不道离心势已分。
往复平陂阿限事，摩挲殷鉴更谁陈！

李锡胤

楔子

1 弟兄们，且听我用从前熟悉的调子，来吟
唱斯维亚特斯拉夫的公子——伊戈
尔——出征[①]的悲惨故事。

---

① 伊戈尔1179年为诺夫戈罗德-塞维尔斯克公。1184—1202年为车尔尼戈夫公，地位仅次于基辅大公。发妻早死，1184年与亚洛斯拉夫娜结婚。

此次出征的日程表：

1185年4月23日：从诺夫戈罗德-塞维尔斯克出发。

5月1日：越北顿涅茨河上游。

5月1日晚至2日：向奥斯科尔河进发。

5月3—4日：与符塞伏洛德会师。

5月5—8日：向伊久姆进发。

5月9日：见到侦察兵，进兵至秀乌利河。

5月10日：首战得胜。

5月11日：波洛夫大军包围伊戈尔队伍于卡亚拉河边。

5月12日：大败。

我要讲的是真人真事，而不是依照博扬[1]
的构思。

博扬博闻强识：若是他想歌唱谁，思绪就
像松鼠在树上爬行，像狼在野外奔突，
像老雕在云间盘巡。

他一旦想起诸侯内讧[2]，手中就放出十只
雄鹰[3]；抓住哪只天鹅，那天鹅就最先

---

① 不详何人。基辅索菲亚教堂廊柱上镌有此名，可见此名不假。可能是官府里的歌手，生活于11世纪，歌唱公爵的父兄叔伯等辈。

② 当时战争频仍，关于这段时期，《编年史》上写道："城池空虚，乡间教堂、民舍、仓房被焚。人民在锋镝下屏营待毙。被俘者流放蛮方，跣足裸体，哽咽互语：'家本某山某水'而已。草甸之上无复马牛；昔日良家宴居之处，今则满目蒿莱，狐狌跳啸其间。"(见卡拉姆津《俄国史》)。

③ 当时鹰猎很普遍；公爵府中饲养好几只鹰，编成号。歌曲也相应编次序。放鹰捕捉猎物，哪一号鹰最早得手，乐师就奏相应歌曲。以鹰猎比演奏在俄罗斯和乌克兰民间文学中常见。

唱歌，歌唱老亚洛斯拉夫，歌唱当着卡
素格兵众的面枪挑列杰佳的勇武的穆
斯季斯拉夫[①]，还有英俊的罗曼·斯维
亚特斯拉维奇[②]。

弟兄们，博扬不是放出十只追天鹅的雄
鹰，这是他机灵的手指触动灵性的弦
索，琴弦自动为诸侯的荣耀而迸鸣。

弟兄们，让我一笔带过老符拉季米尔，开 **开场**
始讲述现下的伊戈尔：

① 先后任特姆多罗干公和车尔尼戈夫公，1022年在特姆多罗干与列杰佳单独角斗。

② 特姆多罗干公，在内讧中帮助奥列格勾结波洛夫人，1079年被波洛夫人所杀。

伊戈尔用意志锻炼了智慧，用勇气磨砺了雄心；他意气风发，率领所部，为捍卫罗斯大地而向波洛夫[①]草原进军。

啊，博扬，你这时代的金莺！ 试笔

对这样的壮士，你不能沉默无声。

你沿着“知识之树”探究，让才思飞上云端，放声吟唱过去和现在，远循特洛扬[②]之路：越过平野，通向高处；为后

① 波洛夫人，又称钦察人，11—12世纪在多瑙河与伏尔加河之间的草原上和亚速海边游牧和渔猎。当时边界不十分固定，本书中又说“到苏拉河为界”，过河便是“陌生地带”。波洛夫人常骚扰罗斯土地。最早于1055年与罗斯接触。1061年首次侵入罗斯，败退。此后忽战忽和，冲突不断。12世纪70年代在康恰克酋长指挥下联合起来，显出兵强马壮，武器先进。

② 东斯拉夫人最崇拜的异教神之一，是月亮、夜和建设之神，掌管天、地、地下三界。南斯拉夫人把它看作夜间魔鬼，有三颗头，一颗吃人，一颗吃兽，一颗吃鱼。

起的伊戈尔讴歌：

“这不是旷野上暴风驱赶飞隼，这是一队
队寒鸦向大顿河飞集。”

先知博扬，诗歌神祇的传人，或者你就唱：
“苏拉河边战马萧萧[①]，基辅城内钟传
捷报，诺夫戈罗德吹起军号，普季夫尔
战旗飘飘。”

伊戈尔在等候亲弟符塞伏洛德[②]。　　会师

① 12—13世纪打仗主要用骑兵，马匹十分重要。年轻公爵的“成年仪式”中有“剪发”“上马”等。苏拉河是第聂伯河左支流，12世纪时是罗斯土地与草原（“陌生地”）之间的界河。

② 他是伊戈尔的弟弟，颀长貌美，勇武绝伦。1185年5月2、3两日，伊戈尔在奥斯科尔河边等候从库尔斯克来会师的弟弟。本书作者对符塞伏洛德特别尊敬和同情；一说作者是他手下的歌手。

亲弟开口说道:“伊戈尔,我唯一的兄长,你是我世上无双的光。咱俩同属斯维亚特斯拉夫一房!

跨上你的骏马。你的弟兄我在库尔斯克早做好准备[1],据鞍待发。库尔斯克士兵都是沙场健儿:

他们在军号声中降生,在头盔底下成长,用长枪尖头喂养;

道路是他们走惯的,峡谷是他们熟悉的;弓箭绷紧了,箭囊揭开了,马刀开刃了。他

① 当时从小进行严格训练:三岁剪去一绺童发,被领进教堂做祷告后骑上马。再过若干时候,长辈授以象征性弓矢。此后练习骑射,参加打猎,随时准备入伍。

们纵马如飞，好似原野上的灰狼。为自
己寻求功名，为公爵寻求荣光。”

伊戈尔举目观望太阳，只见黑压压阴影遮
蔽了他的人马①；

于是伊戈尔在军前誓师：“弟兄们，亲兵 誓师
们②，与其束手就擒，不如杀身成仁！

跨上你们的坐骑，饮马蓝色的顿河之滨！”

---

① 指1185年5月1日的一次日食，基辅时间下午3时25分在顿涅茨流域上空可以观察到，《古史纪年》记载：“白昼变黑夜，星星显光。”有的《编年史》说是在1186年，误。古人以为黑暗也是太阳（神）发出来警告世人的凶光。12世纪时罗斯征城乡壮丁须经市民大会通过。此次出征是奇袭式的，未经其通过，兵勇只能从附属于公爵的壮丁中征募。

② 当时亲兵有高下两级。高级亲兵即是地主贵族，置有产业，平时不在公爵府中做食客，战时带兵；下级亲兵住在公爵庄园，平时劳作，战时当兵。

功利之心遮蔽了公爵的理智，饮马之欲淹没了上苍的启示；

“弟兄们，罗斯的骁勇，咱们与波洛夫人决一雌雄；即使碎首黄尘，也要用头盔舀顿河水痛饮[①]！”

说着，伊戈尔公踏上金镫[②]，在旷野上旋风似飞去。

太阳投下的黑影塞满眼前，像雷雨之夜把鸱鸮惊醒[③]。 日食

① 喝敌国河水是征服敌国的形象说法。

② 当时只有公爵才用马镫，富强的公爵所用马镫用贵金属制造或镀面。

③ 据俄国苏马鲁可夫研究，《伊戈尔出征记》中所说的鸟兽，其生态习性多与实际不符，所以很可能是部落的代号（见其专著《〈伊戈尔出征记〉鸟兽考》）。

走兽悲鸣，妖枭挓挲起羽毛，在树梢发出
怪声，向“陌生之地”发送警报：

向伏尔加[1]，向黑海海滨，向苏拉河两岸，
向苏罗日[2]，向柯尔松[3]，还向特姆多罗
干异教神的石俑[4]。

波洛夫队伍等不及铺垫道路，仓促向大顿
河汇集。

---

①《编年史》不曾记载伏尔加河上住过波洛夫人。

② 即现在克里木州境内的苏达克市。

③ 古城。公元前5世纪古罗马城邦遗址，在塞瓦斯托波尔市郊。12世纪是拜占庭的移民地之一。它和苏罗日当时向中亚输出奴隶；这也可能是波洛夫人入侵的经济目的之一。

④ 在亚速海东岸，10世纪归罗斯诸公治理；11世纪末被波洛夫人占领，由于在草原上招兵容易，其势力渐强；罗斯诸侯内讧时，失败者往往逃到该地，勾结波洛夫人。

石俑指塔曼半岛上直到18世纪尚存在的两尊大偶像之一。那两尊像是公元前4世纪为崇奉古腓尼基的丰收女神而立。

半夜，战车轱辘辚辚作声，人们误听作草原的天鹅飞鸣。

伊戈尔率兵向顿河进发。林间禽鸟向他预示凶兆，狼群在谷里低嗥，鹰呼嚣着指点野兽吃人，狐狸见了血红的盾牌[①]而尖叫。 进发

啊，罗斯大地！你落在了冈峦后边。 抒情插笔

夜幕迟迟降落，早霞很快来临。浓雾充塞田野，夜莺沉默，寒鸦开始啼鸣。 临战

① 古罗斯盾牌多是下尖的椭圆形，木质，外包铁皮，用洋红涂成红色。洋红是用胭脂虫制得的。

罗斯勇士把红盾在野地上摆得密密层层[1]，
为自己寻求功勋，为公爵寻求光荣。

首战告捷

星期五的大清早[2]，

波洛夫人遭受袭击，地上插满箭矢，波洛夫姑娘被抢走，连同绫罗绸缎和金银首饰；

用抢来的车帷、外套和皮袄，还有波洛夫人的各种细软，铺垫沼泽和泥泞的土地；

---

① 罗斯士兵把盾牌尖端插入土中，围成矮墙。

② 《伊帕吉夫编年史》：“次日（星期五）亭午，波洛夫军列阵待战。”照异教迷信，星期五不吉利。可见作者认为伊戈尔首战之胜是中了敌计。

塔基晓夫《俄国史》：初战时波洛夫弓弩手每人射了一箭便佯败走，诱伊戈尔军深入。

红红的军旗，白白的长旒；血色的马尾，银色的矛头——献给勇武的斯维亚特斯拉维奇！

雄武的“奥列格之窝”野餐露宿——飞得太远了[1]！ 露宿

他们不甘心受辱于老鹰与矛隼，岂甘受辱于乌鸦——波洛夫鼠辈之手？

葛札克像灰狼一般飞奔，康恰克[2]踏着他

---

① 塔基晓夫《俄国史》：这天斯维亚特斯拉夫、符拉季米尔和率领雇佣兵的奥尔斯汀不听约束，渡河穷追。当晚伊戈尔得知敌军势众，建议撤退，三人以人困马乏为由，不同意撤军；即在草原露宿。次日晨已被团团围住。

② 据《编年史》：

1171年：伊戈尔在伏尔斯克拉河上打败康恰克和葛札克二酋。

1174年：二酋进犯佩列亚斯拉夫尔，被伊戈尔赶走。

1180年：伊戈尔联合二酋攻打穆斯季斯拉夫于维什戈罗德，不成功。

1185年：伊戈尔被俘，康恰克予以保护，儿女结亲。

踪迹向大顿河趱进。

第二天一大早，霞光像鲜血一般洒下，乌　　再战
云从海那边压来，要遮盖四个太阳[1]；
云层中射出蓝色闪电——

震天动地的雷声，流矢一般的雨点，眼看
从大顿河那边袭来。

眼看长枪与短铤相接，马刀朝敌盔砍去，
在卡亚拉河上，在大顿河附近。

啊，罗斯大地！你落在了冈峦后边。　　抒情插笔

① 指伊戈尔、他的儿子、侄儿和符塞伏洛德。

众寡不敌

打头的风，斯特里伯格[①]的后裔，挟万千乱箭吹向伊戈尔的战士[②]。

大地在轰鸣，浊流滔滔，黄尘滚滚，战旗猎猎，似乎在警告：

波洛夫大队人马从顿河，从海边，从四面八方——来了！

围住罗斯军。

① 风神。基辅万圣殿尊神之一。他手按古丝里琴，背负弓，腰系箭囊。发怒时兴风作浪。

② 当时列阵方式是把队伍分成前部和后部，每部又分中翼、左翼和右翼；最前面是从各部中选出的弓弩手。交锋前，双方弓弩手在相距200步左右的地方猛烈射击，类似现代战争中的“炮火准备”。这次战场上，后部伊戈尔居中，符塞伏洛德居右，斯维亚特斯拉夫居左；前部符拉季米尔居中，左、右翼是亚洛斯拉夫派来的雇佣兵，由奥尔斯汀率领。当时春夏之交，南风大作，罗斯军占下风地位，弓弩手的作用发挥不出来。

鬼子兵喊声震天，四面包抄；罗斯勇士用红色盾牌阻挡。

“莽牛”符塞伏洛德！只见你一马当先，泼水般溅出万支神箭。挥动纯钢宝剑，向敌人劈面砍去。 “莽牛”

“莽牛”呀，你的金盔在哪儿闪光，哪儿波洛夫人头就纷纷滚落。

驰名的阿瓦尔钢盔[1]怎挡得了你“莽牛”符塞伏洛德的砍刀？

---

① 阿瓦尔是突厥部落的分支。6世纪在多瑙河流域建立阿瓦尔国，9世纪覆灭，后裔居达吉斯坦，以造钢盔闻名。

老弟呀，你忘掉了功名富贵，忘掉了父传
的车尔尼戈夫宝位，忘掉了心上美人
格列波芙娜的温顺与恩爱——

哪顾得身上创伤累累？

特洛扬的时代[①]过去了，亚洛斯拉夫的岁 思古
月[②]一去不返，奥列格·斯维亚特斯拉
夫的武功烟消云散。

只怪那奥列格用宝剑铸成了内讧，大地播 反思：自相残杀
满了箭镞。

---

① 指异教时代。本书作者把古罗斯历史分为三个时期：异教时代、亚洛斯拉夫时代和诸侯内讧时代。

② 亚洛斯拉夫统治时期是基辅公国政治、经济、文化的鼎盛时期，国力强盛，形成封建的统一局面，编纂了罗斯《法典》。

在特姆多罗干跨上金镫[1]——亚洛斯拉夫
大公之孙符拉季米尔·符塞伏洛德维
奇早听到这警钟，每天早晨在车尔尼
戈夫关闭要塞大门。

鲍利斯因夸海口而被送进上帝法庭[2]，在
卡宁娜河畔为年轻勇敢的奥列格公雪
耻而葬身在草丛间。

从那卡亚拉河边斯维亚多波尔克下令用
侧跑马把先父遗骸运回基辅[3]索菲亚

① 当时只有公爵和贵族有条件用贵重的马镫，所以此词组表示“占公爵宝位”之意。奥列格1076年任车尔尼戈夫公，次年失位，逃到特姆多罗干。后曾三次企图夺回车尔尼戈夫。

② 指1078年以奥列格、鲍利斯为一方与莫诺马赫一方打仗。奥列格想议和，鲍利斯不同意，吹牛说单独也能取胜。结果鲍利斯在涅札季纳-尼瓦战死。

③ 指1078年伊札斯拉夫一方与奥列格和鲍利斯一方大战于涅札季纳-尼瓦。伊札斯拉夫战死，儿子斯维亚多波尔克命人用两匹并连的“侧跑马”把父（转下页）

大堂。

那时候，奥列格·“苦难斯拉维奇”大权在手，到处播下内乱的种子，蔓延滋长；

在诸侯的战乱中，达奇·伯格[1]的子孙人命危浅，家业荡然无存。

在罗斯田野上再听不到农夫叱牛呼马，只听得乌鸦为争腐尸而聒噪，寒鸦为觅残食而嘈杂。

那是往昔的兵火，从前的战争； 言归正传

(接上页)尸放在两马之间的担架上运回基辅安葬。“侧跑马”指马跑时伸出同一侧的前后腿，左右轮换；两匹并连起来，比较平稳。

① 太阳和收获之神，太阳历的创立者。基辅万圣殿的尊神之一。形象为英俊少年，勇敢而多智。据说是俄人祖先。

可如此大战，谁也未曾见识：

从早到晚，从晚到晓，箭矢满天飞，马刀劈面砍，纯钢长枪呼呼响；在波洛夫草原间，在“陌生的”旷野上。 **决战**

黑土里填满万马踩入的尸骨，血水灌涨了地皮：罗斯天地充满悲哀！

这是什么响动？这是什么声音？在这蒙蒙亮的黎明。

伊戈尔想劝回临阵脱逃的雇佣兵众：可怜他目睹亲弟符塞伏洛德孤军陷阵[①]。

① 5月12日清早，车尔尼戈夫派来的雇佣兵开小差，伊戈尔右臂负伤，（转下页）

苦斗了一天，苦斗了又一天。第三天晌午
　　时分，伊戈尔的战旗倒下了。

在卡亚拉急流的岸边，亲骨肉被俘分手。　大败
　　流血像漏卮中的酒浆，罗斯武士设宴
　　请客，灌饱了亲友，而自己为罗斯大地
　　而倒下。

草茎因怜悯而低头，树干因悲哀而弯腰。

弟兄们哟，不幸的岁月来到了[1]，原上的草　抒情插笔
　　掩埋了战士尸骨。

（接上页）追上去想说服他们回到军中，说服不了，只身重返前线，中途被擒，这时他距离自己部队只有一箭之地，亲眼看到符塞伏洛德英勇奋战，不敌被俘。

① 这一段到“惊梦”为止讲述俄国悲伤，责备诸侯内讧；叙述不按历史次序，主要在于抒发感情。

屈辱在达奇·伯格后裔的行伍之间显形，
她像个女子在特洛扬土地上巡行，在
顿河附近的蓝海上扇动双翅击水，撵
走了幸福的时光。

公爵们反抗异族的斗争不了了之，自己人　　反思：引狼入室
之间的争执振振有词：

“这归我，那也归我”，针尖大的微利被看
成头等大事。

怨自个儿作孽，铸就大错，让蛮夷乘虚
而入。

啊，雄鹰！你飞得太远了。　　反思：

不自量力
孤军出征

你本想到海边搏击凡鸟，却落得伊戈尔武
　　士荡然无存！

卡娜和齐利亚[1]在后边喊叫，叫遍了罗斯
　　土地；

她俩用火筒喷射火焰[2]。罗斯妇女哭诉：
　　“心上的人儿呀，我们盼也盼不到，想
　　也想不来，望也望不见；

连同金银首饰，都成了过眼云烟。”

① 卡娜系古斯拉夫的悲伤女神，穿黑色长袍。战士身死沙场，卡娜亲临哭丧。齐利亚是卡娜的姊妹，报丧女神，美丽而悲哀，白面长发。

② 古斯拉夫风俗：家人得悉男人战死，便在家用火筒烧起“葬火”。

战败之辱

弟兄们，基辅因忧愁而嗟伤，车尔尼戈夫
因遭劫而呻吟[①]；抑郁泛滥罗斯国土，
深深的悲伤流注罗斯大地。

诸侯同室操戈，睁眼看纵横驰骋的骄兵铁
骑，逐门逐户索取皮毛和钱币。

思古

这两位斯维亚特斯拉夫的公子——伊戈
尔与符塞伏洛德——离群擅征，无异
于授敌以柄；

原先，他们的父亲，威武的基辅大公斯维亚

---

① 此段描写伊戈尔败后，波洛夫军大举进犯，从5月20日到6月下旬，劫掠城镇乡村。当时基辅未遭兵灾，只是“因忧愁而嗟伤”；车尔尼戈夫受到劫掠，故云“因遭劫而呻吟”。

特斯拉夫[1] 以雄兵利剑一举平息了边患：

他长驱直入波洛夫草原，践踏高陵深谷，
翻腾长河大湖，断竭水源池沼。

他以旋风扫叶之势，把敌酋科比亚克从海
湾波洛夫大军帐下生擒过来，囚作基
辅大公“武英殿”里的阶下犯人[2]。

于是德意志人和威尼斯人，希腊人和摩拉
瓦人，齐声颂扬斯维亚特斯拉夫的荣

① 斯维亚特斯拉夫III于1176—1194年任基辅公。这一时期基辅地位衰落，北部一个新的中心符拉季米洛-苏兹达尔公国兴起。所以实际上他算不得大公。本书作者在基辅正统立场上，予以尊称而已。

② 此处指1184年斯维亚特斯拉夫III与吕利克联合各路诸侯进攻波洛夫人获胜，俘7 000余人，活捉敌酋及其两个儿子，囚于基辅武英殿。伊戈尔队伍因初春路况，马队赶不及，未参与此役。武英殿是公爵府中召集武士议事的厅堂，11世纪时相当讲究，12世纪已趋简陋，有的就设在门厅里，还临时关押犯人。

耀；同声谴责伊戈尔，因为他把财富
抛进波洛夫境内的卡亚拉河，连同罗
斯黄金也扔进水底。

伊戈尔公从金鞍滚落下马，换来了奴仆用 谴责
的粗鞯。

205

罗斯城垣[①] 上人们垂头丧气，昔日的欢笑
已无踪迹。

斯维亚特斯拉夫在基辅冈上做了一个惶 惊梦
恐的梦[②]：

① 当时风俗：战时人们在城墙雉堞边上聚集，送迎从征军人或为阵亡战士哭哀。

② 斯维亚特斯拉夫Ⅲ巡行至诺夫戈罗德-塞维尔斯克，得知伊戈尔擅自出兵，为之不乐；他日有所思，夜有所梦。接着到车尔尼戈夫，伊戈尔部队中的战友普罗索维奇告诉他失败消息。但也可能此梦是艺术创造，因为史书不载此事。

据迷信说法，梦中能预见未来或遥远地方发生的事。古代圆梦术认为：黑布覆盖预示悲伤，床——病或死亡，加胆汁的酒——凶讯或悲哀，珠子——泪，破屋——与邻居纠纷，乌鸦——不幸，蛇——敌人，断梁——灾祸。

“这夜，我躺在紫杉床上，一伙人给我穿上玄色寿衣，给斟上浓烈的酒，掺伴着毒药。从番人的空箭囊中向我胸脯倒落好大的珍珠[1]，还对我百般亲热。我那金顶宫室的天棚上缺损椽子[2]。从黄昏起，通宵听见鬼乌鸦在聒叫，它们在普列斯纳河边的林子里叫，然后飞向蓝色的大海。”

大臣们替公爵圆梦： **圆梦**

“公爵大人，忧愁占据了您的思想。有两 **告知真情**

① 番人指帮助公爵打仗或当翻译的非罗斯人受雇佣者。用空箭囊倒珠子预示雇佣兵临阵脱逃。

② 天棚没了椽子，象征伊戈尔遇祸。照异教风俗，停尸间屋顶要打开一个窟窿，以便死神出去。

只雄鹰离开祖业宝座飞走了，去寻找特姆多罗干城池，还想用头盔舀顿河的水来喝。双鹰的翅膀被污秽的番人剪掉，自己也堕入铁的陷阱。”

第三天，天昏地暗：两个太阳暗淡了，两道红色光柱消失了，同时还有两弯新月——奥列格和斯维亚特斯拉夫被阴影遮掩，沉向海底[1]。

敌人庆幸

卡亚拉河边黑暗吞没光明，罗斯大地上波洛夫铁蹄像一群猎豹遍地驰骋，显示蛮夷大长的威风。

① 照古俄语文献传统，战败的部队总是散失在河中或“海”中。

眼看耻辱压倒了荣誉，眼看奴役扼杀了自由，眼看恶枭制服了大地。

哥特[1]的妖姬在蓝海岸边曼声唱歌，从罗斯掠得的金银头饰颤巍巍应节相伴；

歌唱博司[2]王那个时代，欢呼沙洛康[3]宿仇已报。

亲兵弟兄，我们的欢乐却一去不回了。

---

① 指在黑海和亚速海沿岸被哈札尔人或后来的波洛夫人俘获的东哥特人，他们就地定居，有时帮波洛夫人打仗；后渐与鞑靼人融合。他们与波洛夫人有商业往来，所以希望后者得胜，这样可以通商获利，并购买罗斯战俘做奴隶。

② 20世纪30年代起苏联学者认为博司是安特人（东斯拉夫人的祖先）的酋长。曾与哥特人英勇作战，于375年战败，与其子及七十名大臣被处磔刑。

③ 波洛夫的酋长，康恰克的祖父。1107年攻打基辅，被罗斯军击败，逐出草原。伊戈尔败后，康恰克以为报仇时机已到。

斯维亚特斯拉夫大公含泪面谕“金言”： “金言”

啊，我近房的族人，伊戈尔和符塞伏洛德！
你俩过早地想打进波洛夫土地[1]，为自己寻求荣耀。可不幸的是竟首战得手，流了番人的血。

你俩浑身是胆，仿佛用纯钢浇铸，在凛冽寒风里淬硬。

难道就这么来报效我这白发老人！

① 当时伊戈尔和符塞伏洛德直接接受车尔尼戈夫公管辖，而后者不受基辅公管，所以出征时得到亚洛斯拉夫支持即可。伊戈尔的错误在于未曾争取更多的盟军，轻敌冒进，首战又中了佯败之计。

我还没见到过比亚洛斯拉夫[1]兄弟更兵多
财足、坚强的势力。车尔尼戈夫的权
贵、统领；塔特兰部、谢比尔部、托甫
恰克部、列夫格部、奥尔贝拉部[2]——
都听他调遣。

这些队伍不用刺刀，只有靴刀[3]，大喝一声
就能得胜，发扬祖宗的光荣。

---

① 斯维亚特斯拉夫III之弟，曾是其兄的助手，但他在波洛夫人中有不少朋友，且与康恰克关系较好。1184年他劝兄不要去打波洛夫人，1185年2月兄出征时他未参与，同时劝伊戈尔不要参战，还派奥尔斯汀与康恰克订立和约。同年5月伊戈尔出征时，他只派两支雇佣军助战，而且是象征性的。到1186年，他虽然参加斯维亚特斯拉夫III对波洛夫人的用兵，但到了萨马拉河上擅自返师，致使其兄出师无功。此是后话。

斯维亚特斯拉夫III一方面奇怪亚洛斯拉夫没有援助伊戈尔，一方面责怪后者没有向前者求援。事实上，后者向前者求了援，前者也派雇佣兵支援了。

② 都是12世纪时在车尔尼戈夫等地居住的非罗斯人，可能是西徐亚人的后裔。

③ 弯刃短刀，可纳入靴中，激烈的肉搏战时才用；大概只有一定地位的人才有资格携带靴刀。

而这两人却放言:“让我们凭自己本领,把 谴责
先前的武功据为己有,把将来的勋业
两人平分[①]。”

弟兄们,说什么:人老了,不能再年轻[②]。换 自励
毛三次的壮鹰,能从高空俯击凡鸟[③],
决不坐视自己的老窝受欺凌。

可叹的是:各路诸侯不给我支持,时代教 无可奈何
人无所作为。

---

① 《三圣编年史》:伊戈尔初战告捷,在战场上得意忘形地说:“斯维亚特斯拉夫的胜利是敌人送上门来的,没有打出国境去。我们在敌人土地上打击敌人,俘获他们的妻儿。现在我们要打到顿河去,彻底打垮他们。如果顺利,我们就打到河湾口去,那儿连我们祖辈的足迹也未曾到过。让我们取得彻底的荣耀和功勋。”

② 据历史记载:斯维亚特斯拉夫III于1140年即位为诺夫戈罗德公时很年轻,估计为十五岁;到1185年已近六十岁了。这时伊戈尔才三十五岁。

③ 据说换三次毛后,鹰就成熟有力,能抵御外来的山鹫。鹰捕猎时,先把鸟往高空赶,接着自己飞得更高,盘旋作势,把鸟赶得疲极,然后突然猛扑下来,捕捉猎物。不到一定高度不能扑击,否则,由于动能作用,鹰自身可能触地致死。

历莫夫在波洛夫马刀下叫喊[①]，符拉季米
尔因负伤而呻吟[②]。落到格列伯公子[③]
头上的是忧愁与悲伤！

强大的符塞伏洛德公[④]！请不要拥兵自
重，仅在精神上关心令尊留下的宝座。

时代的呼吁：向东北苏兹达尔公呼吁

你呀！投桨足以溅尽伏尔加之水，脱盔足
以舀干大顿河之波！

只要你肯配合，俘来的女奴只能值一个诺

① 伊戈尔败后波洛夫军进犯历莫夫等地，大肆蹂躏。

② 史家赞扬他武功盛、爱护士兵、大公无私。1185年受伤三处。1187年4月18日死于陈创复发。此处写历莫夫被掠时，他迎战受伤一事。

③ 指符拉季米尔。

④ 符塞伏洛德-苏兹达尔大公，很有实力，生八子四女，号称“大窝”。

加塔，男奴值一个列赞纳[①]。你完全可
以从陆上派遣格列伯的虎子们[②]，像投
射活的戈矛一般。

向基辅附近的诸侯呼吁

勇猛的吕利克[③]，还有达维德[④]！金盔在
血泊里浮沉的难道不就是你的士卒？
像原牛一样被利刃砍伤后在“陌生旷
野”上驰突的难道不就是你的亲兵？

---

① 12世纪末，1格利夫纳=20诺加塔=50列赞纳。

罗斯《法典》：一个男奴隶的赎命金是100诺加塔，女奴隶的赎命金是120诺加塔。文中这几句的意思是：如果有你支持和配合行动，一定能俘获大批波洛夫奴隶，使奴价暴跌。

② 此处指格列伯的五个儿子。1182—1184年他们奉符塞伏洛德为领袖，听其调遣，出击伏尔加河上保加尔人。

③ 吕利克一生戎马倥偬，拥有实力。他把基辅城让给斯维亚特斯拉夫III，但自己实际上控制城外广大的基辅地区。

④ 达维德1180年起是罗斯最强大的斯摩棱斯克公国的领袖。1184年与其兄吕利克一起参加出征得胜。1185年伊戈尔败后，斯维亚特斯拉夫III向他呼吁和求援，他以将领不愿打仗为由加以拒绝。1197年逝世前皈依为修士。

大人阁下，请踩上金镫，投身战斗，

为湔雪时代的耻辱，为罗斯大地，为勇武
的伊戈尔报金创之仇！

向西南加利奇公呼吁

“八面玲珑”的加利奇公亚洛斯拉夫[1]！
你雄踞于金座[2]之上指挥万夫把守乌
格尔山脉[3]；阻断番王的要道；拦住多
瑙河水路；把大石弹抛入云霄；审理

---

① 据塔基晓夫著述：根据古代对他的赞歌，此处指如下八个方面：(一) 当普通百姓的勤务员。(二) 帮助困难者。(三) 保护受侮者。(四) 惩处罪犯。(五) 不相信假意奉承和私下诽谤。(六) 组织军队保护“吾国吾民”。(七) 使人人安居乐业，按劳得酬。(八) 不征非必需的税，征税时不至于使纳税人痛苦落泪。他是加利奇公，是强有力的公爵之一（加利奇从1098年起独立于基辅）。他是伊戈尔的岳父，死于1187年（有的学者据此认为本书写于此年)。《伊帕吉夫编年史》中记载：“他英明而善于辞令，敬畏上帝，颇受国人爱戴，威名播于军中。”

② 加利奇公的宝座确是黄金所制。

③ 指喀尔巴阡山；当时是加利奇与匈牙利的分界山脉，所以派重兵把守。

诉讼，影响远至多瑙河；你威震大地；
曾攻破基辅城门[1]；从世袭宝座上向异
域邦主射击[2]。

大人阁下，请把弓箭枪炮瞄准康恰克这邪
恶的奴才，为罗斯大地，为勇武的伊戈
尔报金创之仇！

向西方沃伦公呼吁

勇猛的罗曼[3]（还有穆斯季斯拉夫[4]）！雄
心壮志使你追求边功。你高瞻远视，

① 指1156年亚洛斯拉夫攻占基辅。本书作者突出加利奇方面的实力甚于基辅。

② 指加利奇部队参加第三次十字军东征，征讨巴勒斯坦。另一种解释：指1170年加利奇人帮助拜占庭打过仗。

③ 他是沃伦公兼加利奇公，勇猛精进，武功甚盛，征伐过立陶宛、亚特维亚、杰列梅拉、波洛夫等地；在欧洲以“罗斯王”闻名。据说波洛夫人很怕他，用他的名字吓唬小孩。他曾把许多立陶宛战俘当作奴隶，令其从事繁重劳动。

④ 别列索普尼策公，其京城在沃伦领地。

像伺机捕鸟的雄鹰盘旋凌空。

你的手下头戴拉丁帽盔，身披护胸甲胄[1]；

你教大地震颤：希诺瓦、立陶宛、亚特维
亚、杰列梅拉，再加波洛夫——这些异
邦的君主都丢下投枪，匍匐在你宝剑
之下。

可是伊戈尔公啊！太阳因你而暗淡，木叶 思痛
先时而凋零，预告灾祸逼近：

① 此处描写沃伦部队的装备，暗示沃伦公爵是半波兰血统，士兵穿西欧式护胸甲，戴圆桶形拉丁头盔（与东方的圆锥形头盔不同）。

罗斯河和苏拉河[1]一带的城镇被瓜剖而豆
分，却不见伊戈尔雄军卷土重临。

公爵呀，顿河在呼唤，呼唤你再立功勋，呼
唤奥列格支派的勇武诸公重新披挂
出征。

向西北波洛茨克公呼吁

英格瓦和符塞伏洛德，还有穆斯季斯拉夫
的三位公子！诸位出身于雄鹰高门，
不是凭侥幸靠抽签掌握国柄！

你们的金盔、盾牌，以及波兰制造的投枪

① 罗斯河是第聂伯河右支流，苏拉河是左支流，它们都是罗斯与波洛夫草原的界河。罗斯人在两河边上兴建起一系列设防城市。伊戈尔败后，波洛夫人蹂躏该地区，历莫夫城位于其中。

放着有什么用?

用你们的利箭封锁要道,为罗斯大地,为勇武的伊戈尔报金创之仇![1]

思痛

苏拉河流向佩利亚斯拉夫城的水不再闪耀银光,德维纳河在波洛夫兵呐喊践踏之下为波洛茨克送去的只是污泥浊水[2]。

---

① 以上向各路诸侯呼吁,按顺时针次序:东北(苏兹达尔)→南(基辅附近)→西南(加利奇)→西(沃伦)→西北(波洛茨克)。不提诺夫戈罗德,是因为当时该城不设公爵,由寡头贵族专权,为首者只图个人权力和财产。12世纪该城部队从不参加联合出征。

② 从这句起直到"连灵禽也逃不过上帝法庭"止叙述波洛茨克公爵事。其始祖是伊札斯拉夫。12世纪下半叶立陶宛兴起,波洛茨克受到威胁,更因内讧频频,艰难支持。传到又一位伊札斯拉夫时稍振祖声。苏拉河流经片状岩地区,云母和黄铁矿岩碎屑掺入水中,发银色闪光。此时波洛夫人劫掠苏拉河沿岸城镇。

追念

只有华西尔柯的公子伊札斯拉夫挥舞着
利剑直刺立陶宛军盔；可他仍动摇了
其祖符塞斯拉夫的英名，而自己倒在
沾血的草上（好像新婚之床），在血红
盾牌底下饮刃而殒命。

他说道：“公爵，鸟儿用翅膀覆盖了你的亲
兵，野兽在吮血。”

这儿没有勃略切斯拉夫兄弟，也不见另一
位兄弟符塞伏洛德。他形单影只把珍
珠般灵魂通过锦绣圆领从勇猛的躯体
送出。

人们低声饮泣，欢乐消弥，戈罗杰茨号声

如咽。

亚洛斯拉夫的后世和符塞斯拉夫的子孙们[①]！把你们的旗帜降下吧，把你们缺了口的剑收进鞘里吧。 悲悯与谴责

你们辱没了祖辈的光荣。

你们内战内行，竟引狼入室，蹂躏罗斯土地，糟蹋符塞斯拉夫的世业。内战招来了波洛夫方面的暴力。

① 此节回溯往事：亚洛斯拉夫和伊戈尔引进波洛夫人攻打斯摩棱斯克公。斯维亚特斯拉夫响应，从南向波洛茨克攻打斯摩棱斯克的盟友格列伯；其他公爵则引入立陶宛军队。此处向西北波洛茨克公呼吁，他们是符拉季米尔Ⅰ和其波兰夫人的后裔，提醒他们因与亚洛斯拉夫一支不和，所以内战频仍，使外敌有可乘之机。本书作者没有号召他们南下参战，只呼吁他们停止内战，努力防边。

追忆涅米加之战

在特洛扬纪元的第七世纪，符塞斯拉夫[1]
为心爱的姑娘不惜孤注一掷。

他利用“战马”纠纷窃据基辅，用长矛支
撑了大公宝座。

然后他悄然出奔，半夜里野兽般离开贝尔
戈罗德，在夜幕笼罩下逃走；清早用
战斧打开诺夫戈罗德大门。

① 传说中他是个“狼人”，白昼是人，夜间变狼，善疾走，生性嗜杀。

1044—1101年为波洛茨克公。

1067年他占领诺夫戈罗德，与亚洛斯拉夫的儿辈不和。3月3日与基辅公伊札斯拉夫、斯维亚特斯拉夫和符塞伏洛德大战于涅米加河上。符塞斯拉夫败；亚洛斯拉夫辈佯许议和，把他诱到基辅，关进监牢。

1068年亚洛斯拉夫辈在阿尔特河上败于波洛夫人。基辅市民大会聚集城乡平民奋起请战，基辅公伊札斯拉夫不肯发给战马和武器，人民举事，放出符塞斯拉夫。伊札斯拉夫逃至波兰。1069年伊札斯拉夫率波兰军攻符塞斯拉夫，双方（转下页）

他击碎亚洛斯拉夫的荣誉，从都杜特基狼
　　奔豕突地来到涅米加。

涅米加河① 上人头纷纷落地，把人命铺在
　　打谷场上，用钢铁连枷打场，将灵魂从
　　躯体中簸出。

鲜血横流的涅米加河边，播下的不是嘉禾
　　良苗，却尽是罗斯子孙的白骨。

符塞斯拉夫公治理民事，处理诸侯城府公

（接上页）列阵于基辅附近的贝尔戈罗德镇。符塞斯拉夫自料难以取胜，连夜逃走，夺回波洛茨克公位置。

1078年：符拉季米尔·莫诺马赫进攻波洛茨克，烧毁郊外地方。符塞斯拉夫为了报复，率部焚烧斯摩棱斯克。

① 斯维斯洛奇河的支流，在明斯克附近，后来干涸了。一说河床成了后来明斯克市的一条街。

务，可突然趁黑夜从基辅逃之夭夭，抢
在太阳神巡天金车出现之前、天未亮
就赶到特姆多罗干[1]；

波洛茨克城内圣索菲亚大堂晨祷的钟声
敲响，他远在基辅却听得分明。

但即使他外有强壮体魄，内有机敏灵魂，
他一生却命途多舛。

先知博扬有言在先："不管多么机灵，不管
多大本领，连灵禽也逃不过上帝法庭。"

反思：作孽自毙

① 天亮之前跑这么远，极言其快速。暗示符塞斯拉夫是狼人，是黑夜里善跑的狼。

啊！罗斯大地在呻吟，

回想起过去的年代，从前的诸侯。

那位老符拉季米尔不甘心束缚在基辅山上；

好不容易飘扬起吕利克的军旗，还有达维德的旗帜，

可惜的是他们的旗帜飘向不同方向，他们的戈矛互击作响。

多瑙河上，大清早只听得亚洛斯拉夫娜[1] 哭夫

① 伊戈尔在第一个妻子去世后，于1184年与亚洛斯拉夫娜结婚；他被俘时，她仅十六岁。

像无形的杜鹃一样哭泣：

“我要像鸟儿一样向多瑙河飞去，在卡亚
拉河里浸湿轻柔的双袖，为公爵拂拭
流血的伤口。”

亚洛斯拉夫娜大清早在普季夫尔城垣上
哭诉：

“啊，风呀，大风！你为什么，天哪，一个劲
儿地吹？用轻盈双翅把番人箭矢冲我
亲人的勇士刮来？你从云端高处扑
下，摇晃蓝海上的船舶，你还想干什
么？为什么，天哪，硬把我的欢乐吹散
在茅草丛里？”

亚洛斯拉夫娜大清早在普季夫尔城垣上哭诉：

“啊，大名鼎鼎的第聂伯河！你穿透波洛夫境内的石山，你曾经护送斯维亚特斯拉夫的战船去攻打科比亚克[1]。请快把亲人给我送回，免得我大清早向大海洒泪。”

亚洛斯拉夫娜大清早在普季夫尔城垣上哭诉：

“光明呵，三倍光明的日头！你多温暖，你

① 追溯1184年斯维亚特斯拉夫Ⅲ战胜波洛夫人，沿第聂伯河而下，活捉科比亚克。

多美好。可为什么，天哪，你把灼热的
强光尽朝我亲人射去？在干锅般的旱
地上，你把战士的弓晒得扭曲，使他们
忧伤得连箭囊也打不开？”

出逃

夜间，海在咆哮，龙卷风挟着乌云来了。

上帝给伊戈尔指路——回罗斯故土去，从
波洛夫草原出逃[1]。

夜已深，一片漆黑。

伊戈尔睡了，伊戈尔醒着；伊戈尔暗地里

① 伊戈尔被俘后，被看管在亚速海附近、北顿涅茨河中段沿岸、波洛夫人的草原宿营地上。

盘算从大顿河到顿涅茨的行程[1]。

半夜，奥鲁尔[2]在河边吹起口哨；提醒伊戈尔：此时不逃，更待何时？

大地霎时轰鸣，草木喧闹响应，波洛夫营帐忙作一团。

伊戈尔一会儿白鼬般跃身芦丛，一会儿野凫般浮到水面；一会儿快马加鞭，一

① 据塔基晓夫《俄国史》记载：当时伊戈尔悄悄涉过一条小河，拉伏尔在对岸备马等候。他上马后绕过五六处波洛夫住地，穿越草原，两天后到达临界渡口；过河后继续前进，在离诺夫戈罗德二十俄里处坐骑失足，伊戈尔腿受伤，在米哈伊尔村短暂休息后再上路。顿涅茨河是顿河的支流。

② 据《编年史》记载，此人真名拉伏尔，母亲是罗斯人，与伊戈尔同乡。他因受其他波洛夫人侮辱，所以帮助并随同伊戈尔出逃。后在罗斯封官，并经伊戈尔撮合，与千夫长拉古伊尔之女完婚。一说他原是高加索人，被波洛夫人俘虏。

会儿跳下,狼一样奔跑,

好歹来到了顿涅茨河湾。

他像一只空中疾飞的饥鹰:捕捉野雁和天鹅,充当早餐、午餐、晚餐。

伊戈尔鹰一般飞,奥鲁尔狼一般跟;抖搂身上的寒露,赶乏胯下的青骢。

江河之助

顿涅茨发话[1]:"伊戈尔公呀!莫大的荣誉归于你,康恰克该受轻视,罗斯大地将得到欢愉。"

① 据《伊帕吉夫编年史》:伊戈尔从看管处逃出后"步行了十一天到达顿涅茨城"。

伊戈尔回话:“顿涅茨呀!莫大的荣誉也
归于你:多亏你的安流迎公爵归来,
多亏你闪光[①]的沙岸为公爵铺陈绿
茵;你用和暖的浓雾将他隐蔽;叫水
鸭在河面,叫绿头鸭在涛头,叫野凫在
风口为公爵放哨。”

公爵接着说:“斯图格纳河[②]可并不如此。 恶水
它源头乏水,专靠吞并小沟小溪,到下
游出口近处居然像血盆大口,在暗崖深
处把年纪轻轻的洛斯季斯拉夫公吞噬;

① 顿涅茨河穿过阿尔捷马山脉,流水挟白垩俱下,夏季水降,白垩积滩上,闪光如银。

② 11世纪时斯图格纳是条较大的河,南端有波洛夫人势力,北端有罗斯人势力。1093年斯维亚特波尔克、符拉季米尔·莫诺马赫和他的兄弟洛斯季斯拉夫与波洛夫人打仗,春水方生,洛斯季斯拉夫败退,渡河时淹死,年仅二十二岁。

害得母夫人为年轻公爵而泪落如雨。”

花儿因怜悯而发蔫，树木因伤心而低垂。

这不是鹊儿报喜——是葛札克和康恰克 禽鸟之助
追寻伊戈尔。

于是乌鸦噤声，寒鸦住口，鹊儿讳莫如
深：鸦鸟替他探路，啄木鸟一声声指
引到江滨；

夜莺欢唱光明即将来临。

葛札克对康恰克说：“鹰飞走了——我们 追兵
用金箭射死雏鹰！”

康恰克却说："鹰飞回老窝去了——我们用美人计绊住雏鹰。[1]"

葛札克说："如果这样，我们将既失雏鹰，又赔美人。而且众鹰将到波洛夫土地上扑打我们。"

博扬和霍顿纳是斯维亚特斯拉夫的歌手，歌唱亚洛斯拉夫先朝旧事；他们又是奥列格的亲信。 歌手

他们说唱："削了肩膀，脑袋支不住，砍了

① 这说明康恰克对伊戈尔较好。事实上，伊戈尔之子符拉季米尔被俘后与康恰克之女结婚，他于1187年携妻儿回罗斯，妻改名斯伏巴达。有的学者推测，很可能早在1180—1181年伊戈尔与康恰克联合时双方早有儿女婚约。

脑袋,躯干站不住。
缺了伊戈尔,罗斯大地十分痛苦。”

太阳在天空照耀,照着伊戈尔回到罗斯。 归旋
少女们在多瑙河上歌唱,歌声越过大海传到基辅。

伊戈尔沿波利切夫道路[1]上坡,来到毕洛戈什圣母大堂[2],老人喜悦,全城欢腾。他们歌唱老一辈公爵,也歌唱年轻诸公:

“光荣呀,伊戈尔·斯维亚特斯拉维奇! 尾声

---

① 从第聂伯河河滩向上直通基辅的一条通道。符拉季米尔I曾在此处立异教神像;后来皈依基督教时他命令把神像推进第聂伯河中,将此地改建成安德烈教堂。当时基辅的中心是山冈,冈下有第聂伯河流过,日后泥沙淤积,成为浅滩。

② 这教堂是供当时到基辅买卖粮食的客商做礼拜的。公爵一般不上这种教堂,可见本书作者生年较晚,不谙此中情况。

光荣呀，符塞伏洛德和符拉季米尔·伊戈列维奇！

向你们致敬，为正教事业而与污秽之众战斗的公爵和亲兵！

光荣归于公爵和亲兵！阿门。”

附录

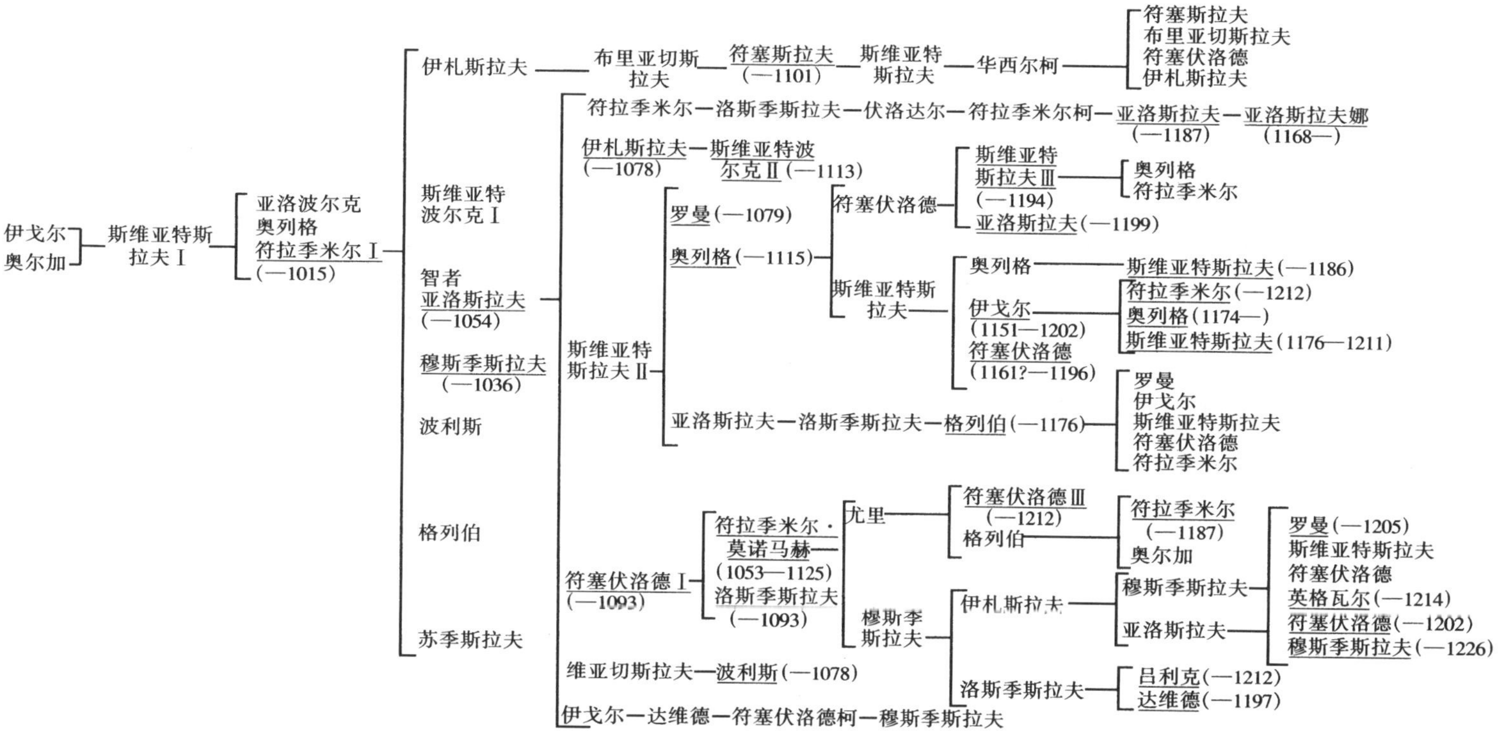

横向表辈份，纵向表族房。书中提到者加字下线及(生)卒年份。

图书在版编目（CIP）数据
伊戈尔出征记 /（俄罗斯）佚名著；李锡胤译．—
南京：译林出版社，2018.12
（世界英雄史诗译丛）
ISBN 978-7-5447-7590-8

I.①伊… II.①佚… ②李… III.①英雄史诗－俄罗斯－古代 IV.①I512.22

中国版本图书馆 CIP 数据核字（2018）第 258804 号

伊戈尔出征记　［俄罗斯］佚名 / 著　李锡胤 / 译

责任编辑　冯一兵
装帧设计　韦　枫
责任印制　颜　亮

出版发行　译林出版社
地　　址　南京市湖南路 1 号 A 楼
邮　　箱　yilin@yilin.com
网　　址　www.yilin.com
市场热线　025-86633278
排　　版　南京展望文化发展有限公司
印　　刷　江苏凤凰新华印务有限公司
开　　本　850 毫米 ×1168 毫米　1/32
印　　张　2.625
插　　页　4
版　　次　2018 年 12 月第 1 版　2018 年 12 月第 1 次印刷
书　　号　ISBN 978-7-5447-7590-8
定　　价　40.00 元